Diseño de la colección: Carla López Bauer

© Del texto: Pepe Maestro
© De las ilustraciones: Mª Jesús Santos
© De esta edición: Editorial Luis Vives, 2011

ISBN: 978-84-263-8009-8
Depósito legal: Z-2398-2011

Edelvives Talleres Gráficos. Certificado ISO 9001
Impreso en Zaragoza, España

COLECCIÓN
COLORÍN
COLORADO

El enano saltarín

Texto
Pepe Maestro
Ilustración
María Jesús Santos

EDELVIVES

ÉRASE UNA VEZ

UN MOLINERO QUE TENÍA UNA HIJA MUY HERMOSA.

AUNQUE, COMO LES SUCEDE A MUCHOS PADRES,

CUANDO SE REFERÍA A ELLA, EL BUEN HOMBRE EXAGERABA.

NO CONTENTO CON DECIR QUE ERA LA MÁS GUAPA

Y LAS MÁS LISTA, SIEMPRE AÑADÍA:

—MI HIJA ES TAN HACENDOSA QUE, DE PROPONÉRSELO,

SERÍA CAPAZ DE CONVERTIR LA PAJA EN ORO.

AQUELLO LLEGÓ A OÍDOS DEL REY QUE, DE INMEDIATO,
LO MANDÓ LLAMAR.

—SI ESO QUE PREGONÁIS DE VUESTRA HIJA ES VERDAD,
ME CASARÉ CON ELLA.

—MAJESTAD... —INTENTÓ REPLICAR EL MOLINERO.

—PERO SI ES MENTIRA —LE INTERRUMPIÓ EL REY— ORDENARÉ QUE OS CORTEN LA CABEZA.

—¿LA CABEZA ENTERA, MAJESTAD? —PREGUNTÓ, ANGUSTIADO, EL HOMBRE.

—CON OREJAS Y TODO.

AL DÍA SIGUIENTE, LLEVARON A LA POBRE MUCHACHA
HASTA UNA HABITACIÓN DE PALACIO REBOSANTE DE PAJA,
CON UNA RUECA Y UNA BANQUETA.

UN SOLDADO LE ADVIRTIÓ CON MALOS MODOS:

—MÁS TE VALE HACER TU TRABAJO. PORQUE SI MAÑANA
TODA ESTA PAJA NO SE HA CONVERTIDO EN ORO...

ANTES DE TERMINAR LA FRASE, DIO UN TREMENDO
PORTAZO Y DEJÓ A LA JOVEN LLORANDO DESCONSOLADA.

—PERO ¿CÓMO SE LE OCURRIÓ A MI PADRE DECIR
TAL COSA? ¿QUÉ VA A SER DE MÍ?

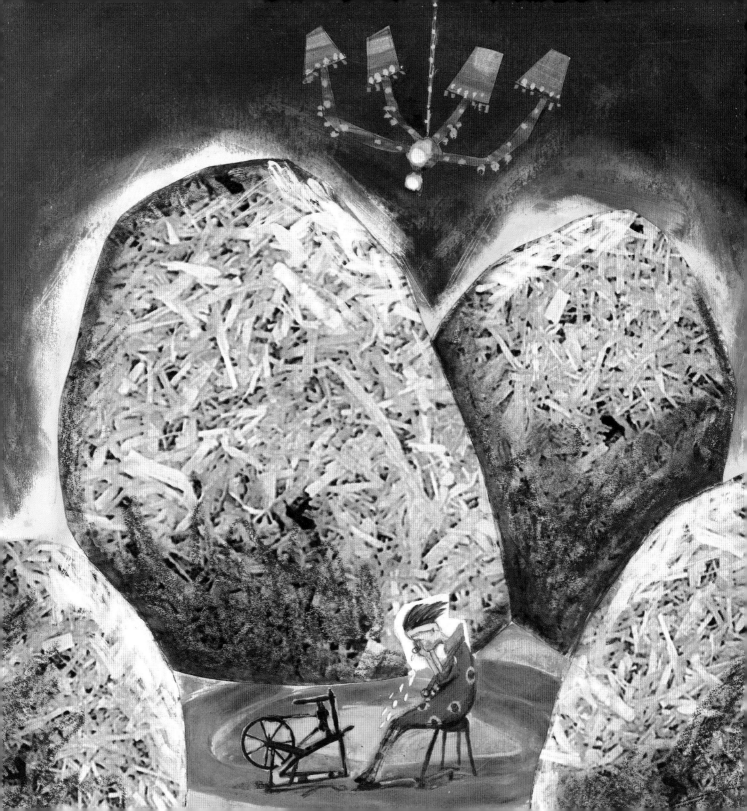

EN ESE MOMENTO, SE OYÓ UNA SUAVE MUSIQUILLA Y, COMO SI LOS LAMENTOS DE LA MUCHACHA HUBIERAN SIDO ATENDIDOS, APARECIÓ UN ENANO QUE, DE UN SALTO, SE COLÓ POR LA VENTANA.

–¿SE PUEDE SABER POR QUÉ LLORAS TANTO?

–PORQUE TENGO QUE CONVERTIR TODA ESTA PAJA EN ORO Y NO SÉ CÓMO HACERLO.

–MMM... YO PODRÍA AYUDARTE. ¡JE, JE, JE!

–¿DE VERDAD PUEDES HACERLO?

–ESO DEPENDE... ¿QUÉ ME DARÍAS A CAMBIO?

–¡MI COLLAR! –CONTESTÓ LA HIJA DEL MOLINERO.

EL ENANO ACEPTÓ, SE SENTÓ FRENTE A LA RUECA Y COMENZÓ A HILAR. COMO POR ARTE DE MAGIA, TODA LA PAJA SE TRANSFORMÓ EN FINÍSIMOS HILOS DE ORO.

TERMINADO SU TRABAJO, EL ENANO DESAPARECIÓ.

POR LA MAÑANA, EL REY SE QUEDÓ BOQUIABIERTO
Y PENSÓ: «¡QUIERO MÁS ORO! ¡MUCHO MÁS!».

ASÍ QUE ENCERRÓ A LA MOLINERA EN UNA ESTANCIA
AÚN MAYOR LLENA DE PAJA Y LE ORDENÓ QUE VOLVIERA
A TRANSFORMARLA EN ORO.

LA MUCHACHA EMPEZÓ A SOLLOZAR Y SE OYÓ OTRA
VEZ LA MUSIQUILLA. Y CON ELLA APARECIÓ EL ENANO.
    —¿QUÉ ME DAS SI TE AYUDO? —PREGUNTÓ.
    —MI ANILLO —CONTESTÓ LA MOLINERA.
    ÉL TOMÓ SU ANILLO Y CONVIRTIÓ LA PAJA EN ORO.

EL REY SE PUSO MUY CONTENTO, AUNQUE PENSABA:
«¡QUIERO MÁS ORO! ¡MUCHO MÁS!», Y CONFINÓ
A LA MUCHACHA EN UN APOSENTO TODAVÍA MAYOR.

—SI ESTA NOCHE LO LOGRAS, MAÑANA MISMO
ME CASARÉ CONTIGO, PERO SI NO...

SALIÓ EL REY, Y LA MOLINERA SE LAMENTABA
CUANDO SONÓ LA MELODÍA Y LLEGÓ EL ENANO.

—YA NO TENGO NADA QUE OFRECERTE. EL COLLAR
Y EL ANILLO ERA LO ÚNICO QUE POSEÍA —LE ASEGURÓ.

—ENTONCES, PROMÉTEME QUE CUANDO SEAS REINA
ME DARÁS A TU PRIMER HIJO —RESPONDIÓ ÉL.

Y LA JOVEN, CON TAL DE SALIR DE AQUEL APRIETO,
LE PROMETIÓ QUE ASÍ LO HARÍA.

ASÍ FUE CÓMO EL REY CUMPLIÓ SU PALABRA
Y SE CASÓ CON LA HIJA DEL MOLINERO.

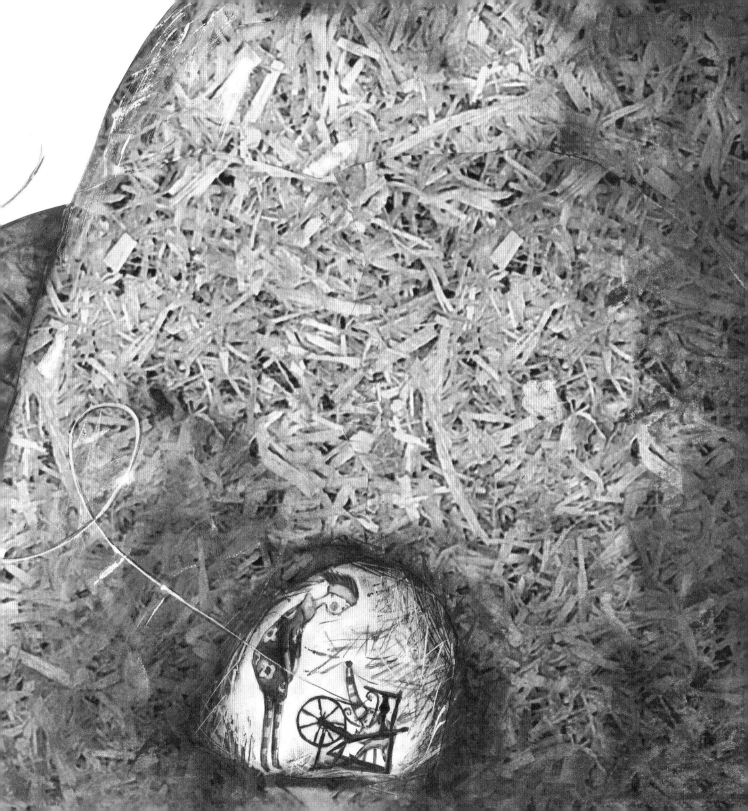

PASÓ EL TIEMPO Y LA JOVEN REINA TUVO UN HIJO.
TAN FELIZ ERA QUE INCLUSO HABÍA OLVIDADO SU PROMESA.
PERO, UNA NOCHE, EL ENANO SE PRESENTÓ EN PALACIO:
—¡VENGO A BUSCAR LO QUE ME DEBES! —ANUNCIÓ
SIN RODEOS.
ELLA, ARRODILLÁNDOSE, TOMÓ SUS MANOS Y LE SUPLICÓ
QUE NO LA SEPARASE DE SU HIJO.

—¡ESTÁ BIEN, ESTÁ BIEN...! —CONTESTÓ EL ENANO—.
DEJARÉ QUE SE QUEDE CONTIGO SI EN EL PLAZO DE TRES
NOCHES ADIVINAS CUÁL ES MI NOMBRE. ¡JE, JE, JE!
DICHO ESTO, DIO UN GRAN SALTO Y DESAPARECIÓ.

LA PRIMERA NOCHE SE ABRIÓ LA VENTANA Y ALLÍ
ESTABA EL ENANO.

LA JOVEN, DURANTE LA MAÑANA, SE HABÍA APRENDIDO
DE MEMORIA TODOS LOS NOMBRES QUE CONOCÍA:

—TE LLAMAS ABEL —AFIRMÓ.

—NO, NO...

—ADÁN, ADOLFO, ADRIÁN...

Y, DEL PRINCIPIO AL FIN, EMPEZÓ A RECITARLOS
DE CARRERILLA:

—... ZACARÍAS, ZENOBIO, ZENÓN.

—NINGUNO DE ESOS —CONTESTABA EL ENANO
A CADA INTENTO, DIVIRTIÉNDOSE DE LO LINDO.

AQUELLA NOCHE, LA REINA NO LOGRÓ ADIVINAR
SU NOMBRE.

LA SEGUNDA NOCHE, LA DESESPERADA SOBERANA
LE DIJO AL ENANO TODOS LOS NOMBRES EXTRAÑOS
QUE SE LE OCURRÍAN:

—TE LLAMAS SULFUROSO...

—NO, NO. NO ES ESE.

—BOCAHIGOS... PELACHUNGOS... TRAMPONETE...
SIETECULOS... PEDORREÑO.

PERO NO ACERTÓ CON NINGUNO DE ELLOS.

EL ENANO SE REÍA CADA VEZ MÁS Y DABA SALTOS
DE SATISFACCIÓN.

—TAMPOCO, TAMPOCO, TAMPOCO ES ESE...

Y LA REINA NO LOGRÓ ADIVINAR SU NOMBRE.

LA JOVEN COMPRENDIÓ QUE ASÍ NUNCA LOGRARÍA
AVERIGUAR SU SECRETO. DE MODO QUE LLAMÓ
A SUS SIRVIENTES MÁS FIELES Y LES ORDENÓ
QUE SIGUIERAN AL ENANO PARA DESCUBRIR SU NOMBRE.

UNO A UNO, LOS EMISARIOS FUERON FRACASANDO.
HASTA QUE UN NIÑO, ESCONDIDO EN UNOS MATORRALES,
VIO AL ENANO BRINCAR DELANTE DE UNA HOGUERA
MIENTRAS TOCABA UNA FLAUTA Y CANTABA:

—MAÑANA TENDRÉ YO, AL FIN,
UN PRÍNCIPE QUE ME SIRVA.
DEL UNO AL OTRO CONFÍN
NADIE SABE QUE ME LLAMO
ENANO SALTARÍN.

EL NIÑO, SIN PERDER UN SEGUNDO, CORRIÓ HASTA PALACIO
PARA DARLE LA NOTICIA A LA REINA.

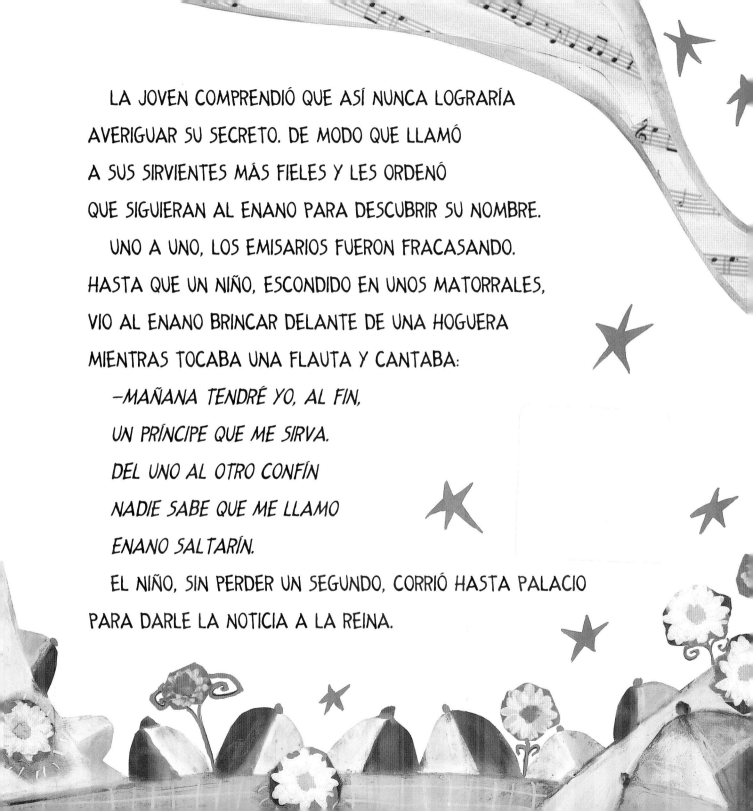

AL LLEGAR LA NOCHE, EL ENANO APARECIÓ DE NUEVO.

ELLA, DISIMULANDO, COMENZÓ A DARLE NOMBRES:

—¿TE LLAMAS DESAFINETE TEMBLOROSO?

¿ALEGRE ROJIZO...?

EL ENANO NEGABA DIVERTIDO, FROTÁNDOSE

LAS MANOS, PUES VEÍA QUE LA NOCHE TERMINABA.

HASTA QUE LA REINA DIJO:

—¿NO TE LLAMARÁS... ENANO SALTARÍN?

—¡ESO TE LO HA SOPLADO EL MISMÍSIMO DIABLO!

Y, PONIÉNDOSE CADA VEZ MÁS ROJO DE LA RABIA,

SALIÓ DISPARADO POR LA VENTANA COMO UN COHETE.

NUNCA MÁS SE SUPO DE ÉL Y LA REINA Y SU HIJO
VIVIERON TRANQUILOS PARA SIEMPRE.
Y COLORÍN COLORADO, ESTE CUENTO
SE HA ACABADO.